A LAVER LA TÊTE D'UN ANE

ON PERD SA LESSIVE

SAYNÈTE, COMÉDIE-PROVERBE DE SOCIÉTÉ

PAR

ADOLPHE POUJOL

(MEMBRE DE LA SOCIÉTÉ DES AUTEURS DRAMATIQUES)

Représentée pour la 1re fois dans le salon de Mme ADÈLE CALDELAR

PERSONNAGES.

COPEAU...................... M. ADOLPHE POUJOL

HERMINIE, interprétée par Mme CHARLES et Mlle LAURE LECRAN,
avec autant de grâce que de vérité.

Durée de la pièce; 20 minutes.

— Un salon —

HERMINIE, *seule.*

Ai-je assez réfléchi avant de prendre un second époux? Je n'ai songé qu'à la fortune... Elle donne à la vérité toutes les jouissances matérielles... Mais pas toujours l'entière satisfaction du cœur... Mon premier époux n'était pas riche... mais, c'était un homme du monde, possédant la distinction d'un gentilhomme... Monsieur Copeau est tout-à-fait l'opposé... Je rougis à chaque

1866

1

instant de ses manières vulgaires et de ses bé-
vues... C'est un excellent homme... mais, si ridi-
cule... Il raffolle de moi... Et depuis trois se-
maines que nous sommes mariés, il m'obéit au
doigt et à l'œil... Profitons de mon ascendant et
de ma supériorité pour essayer de le former.

HERMINIE, COPEAU.

COPEAU, *embrassant sa femme.*

Bonjour, Cocotte.

HERMINIE.

Il faut te déshabituer de ces mots trivials, que
dirait le monde ?

COPEAU.

Je ne suis devant personne, Poulette... Comment faut-il t'appeler ?

HERMINIE.

Par mon nom : Herminie.

COPEAU.

Faisons une cotte mal taillée... Je t'appelerai
Mimi... Je me retrouve enfin dans mon domicile
conjugal, seul avec ma petite femme... Étions-
nous donc forcés de voyager ?

HERMINIE.

Le bon ton nous défendait de rester à Paris,
après la cérémonie de notre mariage.

COPEAU.

Cet article ne se trouve pas dans le code, n'importe, je t'ai obéi... Je ne puis encore me figurer que je suis marié... Ai-je l'air d'un mari? Notre mariage a été bâclé si vite.

HERMINIE.

Bâclé... Il faut dire conclu...

COPEAU.

Cela revient au même... Je venais d'hériter, et quoique ton cousin, je te connaissais à peine... J'apprends que tu es veuve, et ne voulant pas que le magot sorte de la famille, je te propose ma main que tu acceptes.

HERMINIE.

A condition que tu quitterais ton atelier de menuiserie.

COPEAU.

Je t'ai cédé, quoique je déteste l'oisiveté.

HERMINIE.

Nos relations sociales nous donneront assez d'occupation... La richesse impose certaines obligations, nous ne pouvons vivre comme des petites gens.

COPEAU.

Si les grandes gens ont du tintouin, bernique alors.

HERMINIE.

Bernique où vas-tu chercher cette expression baroque?

COPEAU.

Elle se présente naturellement.

HERMINIE.

Tu m'as promis de te laisser guider par moi.

COPEAU.

Et je tiendrai ma promesse, d'autant plus que c'est dans mon intérêt, as-tu dit...

HERMINIE.

A la bonne heure... Il faut commencer par refaire complètement ton éducation.

COPEAU.

Retourner à l'école ; peut-être même, en nourrice.

HERMINIE.

Je ne suis pas si exigeante, c'est moi qui serai ta maîtresse.

COPEAU.

Quelle maîtresse chique j'aurai !...

HERMINIE.

Tu parles un langage d'Iroquois...

COPEAU.

Parlerais-je une langue étrangère, sans le savoir ?

HERMINIE.

C'est un jargon barbare...

COPEAU.

Cependant, je ne suis pas un sauvage...

HERMINIE.

Ce soir même, je dois te présenter à mon amie, la comtesse de Piquencourt. Entends-tu, comme ce nom résonne ! Quelle différence avec le nôtre ! Ah ! fi donc... On annonce M. et Mme Copeau dans les salons de la comtesse, il y a un murmure, on nous regarde avec une curiosité maligne.

COPEAU.

Tous les noms se valent.

HERMINIE.

Tu ne possèdes pas cette oreille musicale qui comprend l'harmonie des noms. Je ne veux plus que tu t'appelles Copeau...

COPEAU.

Je ne m'appelerai donc rien du tout...

HERMINIE.

Nous prendrons le titre de notre propriété de Pomponne... On annoncera M. et Mme de Pomponne, cela produira de l'effet, au moins...

COPEAU.

Et l'on nous prisera davantage... Puisque tu le désires, je te sacrifie le nom de mes aïeux, mais avec regret, car justement, Copeau avait du rapport avec mon état de menuisier.

HERMINIE.

Je t'en supplie, oublie que tu as été menuisier.

1*

COPEAU.

Je ne suis pas encore d'âge à perdre la mémoire.

HERMINIE.

Je vais commencer par t'apprendre les lois de l'étiquette.

COPEAU.

En fait d'étiquette, je ne connais que celle des marchandises.

HERMINIE.

Tu ignores même la valeur des mots... Il faut tout d'abord veiller à ton maintien ; tu ne sais pas tenir tes bras.

COPEAU.

Comment peut-on tenir ses deux bras ? (*Prenant une de ses jambes.*) Les jambes, c'est différent.

HERMINIE.

Je veux dire que tu agites tes bras à tout propos ; ils ressemblent à des moulins à vent.

COPEAU.

Cela m'aide à finir la phrase.

HERMINIE.

C'est du plus mauvais ton.

COPEAU.

Je me tiendrai raide comme un pieu.

HERMINIE.

Passons à la conversation... Elle roule ordi-

nairement sur la santé, le temps, la pièce en
vogue...

COPEAU.

Joue-t-on au loto et à l'oie ?

HERMINIE.

Des jeux de ganache... Je t'apprendrai le
whist... Abordons le premier sujet de conversation, tu prendras une figure de circonstance en
t'informant de la santé de la comtesse.

COPEAU.

Je prendrai une autre figure que la mienne !

HERMINIE.

Est-tu naïf !... Un air d'intérêt...

COPEAU.

Je comprends... il s'agit d'une petite grimace
hypocrite.

HERMINIE.

Très bien... et tu penseras à autre chose... Je
prends le rôle de la comtesse et je te dis : —
« Ah ! Monsieur, j'ai une migraine affreuse qui
» m'a empêchée de fermer l'œil de toute la nuit. »
— Réponds.

COPEAU.

Rassurez-vous, ma petite dame, vous n'avez
qu'un mal de petite maîtresse.

HERMINIE.

COPEAU.

Ecoute la fin... « J'ai été plus malade que
» vous, cette nuit, obligé de me lever vingt-sept
» fois et demi...

HERMINIE.

Oh ! de grâce, tais-toi...

COPEAU.

Je serai peut-être plus heureux avec le temps,
c'est que je suis de la première force sur le temps.
J'ai un fameux baromètre dans mon pied droit...
et toutes les fois qu'il va pleuvoir...

HERMINIE.

Passons outre... Je suis toujours la comtesse
et je te demande ton avis sur l'opéra nouveau.

COPEAU.

Les décors sont magnifiques... J'aimerais
beaucoup l'opéra, si l'on ne chantait pas.

HERMINIE.

Si cette réponse était acceptée comme une
plaisanterie hasardée, on ajouterait que tu pré-
fères sans doute la comédie.

COPEAU.

La comédie n'est pas davantage de mon acabit,
d'autant plus que les affaires de tous ces gens qui
causent ne me regardent nullement... d'ailleurs,
ce sont de véritables mensonges.

HERMINIE.

Est-il possible ! Silence...

COPEAU.

Tu parleras pour moi.

HERMINIE.

Je ne peux pas toujours diriger la conversation ; par exemple, on ne manquera pas de t'interroger sur notre voyage à Londres, pas de longues phrases surtout...

COPEAU.

Je comprends... Si j'ajoutais, etc... Horrible mer, etc... J'étais couché à terre, etc... Garçon une cuvette, etc...

HERMINIE.

Epargne ces détails choquants...

COPEAU.

Suffit... Comtesse, on ne me pincera plus à retourner à Londres par mer... Je prendrai un autre chemin, le chemin de terre.

HERMINIE.

Tu ne sais donc pas que l'Angleterre est une île.

COPEAU.

Ah ! oui... comme l'Ile St-Ouen.

HERMINIE.

Tu n'as pas même étudié les premiers éléments de la géographie.

COPEAU.

Je sais ce qui est nécessaire... Tours produit

des pruneaux, Chartres du café, Arles des sau-
cissons, Reims...

HERMINIE.

Assez... assez... Ah ! mon pauvre ami, quelle
opinion auront de toi la comtesse et toutes ses
connaissances, qui occupent un rang élevé dans
la société ? On croira que tu n'as eu des rapports
qu'avec les gens vulgaires.

COPEAU.

Par exemple, je peux prouver que j'ai eu les
rapports les plus honorables, avec des gens hup-
pés et calés... Je marche, preuves en main ou
plutôt en poche... (*Tirant une lettre de sa poche.*) Voici une lettre du marquis de La Hautoie.—
« Ecoutez, tous » leur dirai-je, « Mon cher Co-
» peau, je suis très content de vos travaux de
» menuiserie, veuillez présenter votre mémoire. »
— (*Tirant une autre lettre de sa poche.*) Ecoutez
cette seconde lettre...

HERMINIE.

C'est inutile... Ton assurance me confond...
Je serais au supplice en te voyant la risée gé-
nérale.

COPEAU.

Si c'est ainsi, je te prendrai par le bras, ma
mignonne, et nous dirons adieu à toutes ces chi-
pies et à tous ces godelureaux dont je me moque
comme de Colin Tampon.

HERMINIE.

Je désespère de te former ; il faut renoncer au monde...

COPEAU.

Ah ! Tant mieux... nous resterons chez nous.

HERMINIE.

Quant à moi, j'ai été élevée dans un cercle fashionable et je ne puis abandonner mes relations sociales.

COPEAU.

Eh ! bien alors, que feras-tu de moi ?

HERMINIE.

Tu resteras...

COPEAU.

Je garderai la maison et même le petit ou la petite qui viendra... Suis-je bête... Je ne devine pas que tu plaisantes.

HERMINIE.

Je parle très sérieusement, tu n'auras que plus de plaisir à te retrouver avec moi...

COPEAU.

Serait-ce donc la vérité ?

HERMINIE.

Je te préviens aussi que je serai obligée de recevoir les personnes chez qui je suis reçue... Pendant mes soirées de réception, tu sortiras.

COPEAU.

Tu m'enverras promener... Ainsi, ce n'est pas une plaisanterie,..

HERMINIE.

Je ne me suis pas mariée pour être esclave.

COPEAU, *tombant accablé dans un fauteuil.*

Quelle tuile ! Quelle tuile !... Je m'aperçois trop tard qu'un homme commun risque beaucoup en épousant une petite maîtresse... Cependant j'avais des exemples de mariages disproportionnés... L'expérience des autres ne corrige pas.

HERMINIE.

Calme-toi... Très souvent, le mari et la femme ne fréquentent pas les mêmes sociétés.

COPEAU.

Doit-on s'épouser pour vivre chacun de son côté ?

HERMINIE.

Avec la liberté, les liens de l'hyménée sont des chaînes de fleurs.

COPEAU.

Je n'entends rien à ce galimatias, tu n'es pas dans le droit chemin. . Je vois clairement pour quel motif tu m'as épousé... c'était pour avoir un caissier.

HERMINIE.

C'est une insulte, Monsieur... Je vous croyais d'un caractère si doux...

COPEAU.

Il ne faut pas se fier à l'apparence : l'injustice me révolte, m'exaspère ; mais rappelons mon sangfroid... Je n'ai qu'une résolution à prendre... Je vais m'habiller. (*Il sort.*)

HERMINIE, *seule.*

Une résolution... Il se résignera... C'est pour sortir qu'il s'habille ; il veut laisser passer un moment de colère... J'ai porté le premier coup ; le choc a été rude... Entre nous, si je me suis remariée, c'est pour occuper le même rang que mes amies, et avoir d'aussi brillantes toilettes. Le plus grand plaisir de la femme est d'être admirée... Est-ce ma faute, à moi, si mon mari est incorrigible... Notre sexe, Messieurs, a sur le vôtre de grands avantages ; il sait mieux cacher son origine et revêtir tous les costumes... Le ver se pare des couleurs du papillon... M. Copeau devra encore s'estimer heureux que je lui consacre quelques instants... Son amour-propre n'at-il pas lieu d'être flatté d'avoir épousé une femme de distinction... Gardons-nous de laisser prendre aux hommes un mauvais pli, et comme dans le ménage, un des deux époux doit commander, je commence par m'emparer du sceptre conjugal...

HERMINIE, COPEAU, *en blouse et en casquette.*

COPEAU.

Me voici habillé.

HERMINIE.

Que signifie ce déguisement ?

COPEAU.

C'est tout à l'heure que j'étais déguisé... Je reprends le costume que je n'aurais jamais dû quitter, ainsi que mon état de menuisier.

HERMINIE.

Vous ne parlez pas sérieusement ?

COPEAU.

Aussi sérieusement que toi, quand tout à l'heure tu voulais me faire prendre de la poudre d'escampette, c'est-à-dire me mettre à la porte de chez moi. J'ai plié quand il n'était question que de bagatelles ; mais, il s'agit de me supprimer aux trois quarts ; on verra alors de quel bois je me chauffe. Je me rappelle maintenant l'histoire d'un certain mari : Sa femme donnait un bal ; le pauvre diable ne connaissant aucun des invités, et plus étranger chez lui qu'un étranger, se tenait dans un coin, tout coi, tout craintif, et chacun le prenait pour un domestique en habit noir. Je ne veux pas être plus benêt que tous ces jobards qui épousent leurs femmes pour les autres. Madame fait la bouche en cœur ; elle fait la gentille avec tous ces freluquets, qui cherchent une maîtresse, tandis que le bonhomme de mari dont la présence serait gênante, n'est jugé digne que de payer les mémoires des fournisseurs.

HERMINIE.

Où voulez-vous en venir ?

COPEAU.

Tu m'avais nommé ton caissier... A mon tour, je te nomme caissière dans mes ateliers...

HERMINIE.

Et vous supposez que je me prêterai à une telle folie ?...

COPEAU.

La femme doit obéissance à son mari, c'est dans le Code... D'ailleurs, tu l'as juré devant l'autel... Nous allons en conséquence, quitter notre appartement.

HERMINIE.

Je ne vous suivrai pas...

COPEAU.

Tu m'appartiens et j'userai de mon droit.

HERMINIE.

Aucune puissance ne me fera obéir à un tyran.

COPEAU.

C'est donc une séparation que tu demandes...

HERMINIE.

Une séparation ! quel scandale !

COPEAU.

On jasera... n'importe... Il le faudra bien si tu ne cèdes pas... Je te donnerai la somme dont je t'ai avantagée... par contrat de mariage...

HERMINIE, *à part*.

Et je ne pourrai pas figurer dans le monde. (*Tombant dans un fauteuil.*) Suis-je donc malheureuse !

COPEAU.

A ton tour ; c'est une tuile qui tombe sur toi... La société de ton mari... quel malheur !

HERMINIE, *à part*.

Je dépends de lui ; dissimulons. (*Haut.*) Mon ami, tu t'es sans doute fâché de ce que j'avais renoncé à te donner des leçons. Si j'essayais encore, nous finirions par réussir...

COPEAU.

A laver la tête d'un âne, on perd sa lessive...

HERMINIE.

C'est te juger trop sévèrement.

COPEAU.

C'est mon gros bon sens qui me le dit... Tu

m'as prouvé que je ne devais jamais sortir de
ma sphère, et que j'ai eu tort de t'associer à mon
ignorance ; il faut donc que tu passes par le pont
ou la planche.

HERMINIE.

J'obéirai à mon maître, et j'espère qu'il n'a-
busera pas de son autorité.

COPEAU.

Il serait possible... quel changement !... Tu
t'adresses à ma corde sensible, et puisque tu
parais si résignée, je serai le plus doux des
maîtres.

HERMINIE.

Prouve-le-moi en me conduisant ce soir au
théâtre...

COPEAU.

Eh bien, soit... Je serai certain qu'on ne se
moquera pas de moi... Le monde ne vaut pas la
peine que nous nous fâchions pour lui... Je le
vois tel qu'il est à travers mon gros bon sens...
Un essaim d'abeilles qui volent toujours vers
l'intérêt ou le plaisir ; elles vous donnent des paroles mielleuses, cherchant en arrière à vous pi-
quer de leur dard.

HERMINIE, *à part.*

N'importe, j'adore leurs flatteries. (*Haut.*

Tu ne peux garder ta blouse, puisque nousallons
au théâtre.

COPEAU.

Je la quitte pour aujourd'hui... mais de-
main...

HERMINIE, *à part.*

Il agit par la force, moi j'agirai par la ruse.

FIN,

Imprimerie de Ph. Cordier, Faubourg St-Denis, 49.

TABLE

—

1. — Marie Stuart. — Jusqu'à présent, cette grande figure n'avait presque toujours été retracée qu'au moment de son trépas. C'est M. Adolphe Poujol qui, le premier, a eu l'idée de relater les traits les plus intéressants de sa vie dans un monologue. La reine d'Ecosse apparaît d'abord dans toute l'effervescence de sa jeunesse et de ses passions. Dix-huit ans après, captive d'Elisabeth, elle saisit, au milieu de ses tortures, le moindre espoir de liberté.

L'artiste, qui par la variété et la mélodie de sa voix, donnera la vie á ces pages historiques, prouvera un talent de premier ordre et ses accents convertiront la prose en un chant du cœur. — Durée, 20 minutes.

—

2. — Une Emotion à travers une serrure, Monologué excentrique. — Durée, un quart d'heure.

—

3. — Les Hommes chassent de race, Comédie de mœurs. — Quatre personnages : Parquet, premier comique. — Bémol, jeune premier. — Mélina, jeune première. — Coralie, coquette. — Durée, 25 minutes.

—

4. — La Paille dans l'œil du voisin, Comédie burlesque. — Six personnages comiques. — Trois hommes, trois femmes. — Durée, 20 minutes.

—

5. — Comment finit une Coquette, Comédie de caractère. — Quatre personnages : De Patinville, financier. — Théobald, jeune premier. — Camille, grande coquette. — Aurélie, jeune première. — Durée, 25 minutes.

6. — **Le Chaos,** Bouffonnerie. — Deux personnages :
Bonnichon, premier comique. — Léonie, premier rôle,
travestis. — Durée, 20 minutes.

---

7. — **La Tireuse de carottes,** Tableau de mœurs
du jour. — Pigeonnet, comique de tout âge. — Louise,
coquette ou soubrette. — Durée, un quart d'heure.

---

8. — **Les Paroles et les Actions,** Comédie. —
Quatre personnages : Lucien, premier rôle, amoureux. —
Riflard, comique. — Gabrielle, coquette. — Nelly, amou-
reuse. — Durée, 20 à 25 minutes.

---

9. — **L'Amour et l'Honneur,** Comédie-drame.
— Six personnages : Lord Thomery, premier rôle fort. —
Sarrah, jeune première forte. — Lady Wilson, coquette.
— Robin et William, comiques. — Durée trois quarts
d'heure.

---

10. — **A laver la tête d'un âne on perd sa
lessive,** Esquisse de mœurs. — Deux personnages :
Copeau, comique. — Herminie, coquette. — Durée, 20 minutes.

NOTA. **La Tireuse de Carottes** et **A Laver la Tête d'un
Ane,** scènes à deux personnages, ont plus d'action que le proverbe
d'Alfred de Musset, *Il faut qu'une Porte soit ouverte ou fermée,*
joué à satiété sur toutes les scènes, et qui a produit tant de pâles
copies.

Imprimerie Ph. Cordier, rue du Faub. St-Denis, 49.

www.ingramcontent.com/pod-product-compliance
Lightning Source LLC
LaVergne TN
LVHW010135060726
842524LV00005B/1941